花鸟物语

美月冷霜　著

第三辑

中国财富出版社有限公司

图书在版编目（CIP）数据

花鸟物语 . 第三辑 / 美月冷霜著 . —北京：中国财富出版社有限公司，2022.10
ISBN 978-7-5047-7789-8

Ⅰ. ①花…　Ⅱ. ①美…　Ⅲ. ①诗集—中国—当代　Ⅳ. ① I227

中国版本图书馆 CIP 数据核字（2022）第 193373 号

策划编辑	朱亚宁	**责任编辑**	孙　勃	**版权编辑**	李　洋
责任印制	尚立业	**责任校对**	张营营	**责任发行**	杨恩磊

出版发行	中国财富出版社有限公司		
社　址	北京市丰台区南四环西路 188 号 5 区 20 楼	**邮政编码**	100070
电　话	010-52227588 转 2098（发行部）		010-52227588 转 321（总编室）
	010-52227566（24 小时读者服务）		010-52227588 转 305（质检部）
网　址	http://www.cfpress.com.cn	**排　版**	北京琦字文化传播有限公司
经　销	新华书店	**印　刷**	番茄云印刷（沧州）有限公司
书　号	ISBN 978-7-5047-7789-8/I・0350		
开　本	710mm × 1000mm　1/16	**版　次**	2023 年 1 月第 1 版
印　张	38.75	**印　次**	2023 年 1 月第 1 次印刷
字　数	521 千字	**定　价**	98.00 元（全 5 册）

诗人的话

我把诗意种在大地上，叶子碧绿，花朵芬芳。

我邀诗意在枝头成长，果实丰硕，鸟儿歌唱。

我将诗意化成万千阳光，照耀万物，春风荡漾。

我渴望诗意之水尽情流淌，让星河的诗行滚烫之后，

再冷却下来奔向远乡，奔向远方，奔向远方……

蓝色海洋忽搁浅
喜林草花起云帆
赏美攻略别添乱
否则悦目水不干

横跨亘古韶华长
回望奢侈谢上苍
优雅华美高质量
亚麻贵为时尚王

天下美艳秀成堆
不如晶莹叶上水
雪割草花惹春醉
长伴地脚未后悔

世界不大也不小
云若有志天地高
风流羞于花中笑
太阳拜别月见草

序言

大自然中有植物，也有动物，科学探索从大自然开始。牛顿观察到苹果落地现象，并由此发现了万有引力。后来牛顿成为举世闻名的物理学家。大自然的奥妙同样吸引着另一位科学巨人，18岁的爱因斯坦看到一只失明的甲虫，稳稳当当地在弯曲的树枝上爬行，就此发现了引力会使光线弯曲的原理，进而预言恒星与太阳的强引力场会导致光线行进轨迹发生偏转。由一束光开始研究，爱因斯坦创立了相对论，并用此理论成功证实：无论是宇宙天体还是世界万物的无穷无尽，均为相对而言。到底是谁成就了伟大的物理学家呢？答案就是大自然，世界上的很多探索之旅都从大自然开始。

大自然可以让种子发芽，并成就新的生命。作者希望透过花鸟物语系列抛砖引玉，让更多人关注大自然，进入大自然中，并分享诗意生活。什么才叫诗意生活？首先，试着学会观察大自然的和谐之处：每一只小鸟，每一朵小花，每一片云彩都可能与我们一见如故。人们一旦关注大自然，投身大自然，融入大自然，内心就会变得更富足，眼神会变得更清澈，语言会变得更优美，知识会变得更广博，生命从此会变得更有意义。

同理，人体健康与大自然也有着不可分割的关系，我们的衣食住行无不源于大自然。早年，也许人们不曾知道广东有什么特色，自从有了荔枝，广东的特色水果就此广为人知；也许人们不曾知道海南有什么特产，自从有了椰子，海南的特色水果就此广为人知；也许人们不曾知道新疆有什么美味，自从有了吐鲁番葡萄，新疆的特色水果就此广为人知；也许人们不曾知道西藏有什么水果，自从有了黑钻苹果，西藏的特色水果就此广为人知；也许人们不曾知道山东什么水果最出名，自从有了烟台苹果，山东的特色水果就此广为人知；也许人们不曾知道河北有什么宝藏水果，自从有了雪花梨，河北的特色水果就此广为人知；也许人们不曾知道浙江有什么水果，自从有了杨梅，浙江的特色水果就此广为人知；也许人们不曾知道安徽有什么特产，自从有了砀山梨，安徽的特色水果就此广为人知。让产地出名的水果还有内蒙古的河套蜜瓜，江苏的阳山蜜桃，天津的鸭梨，河南的汴梁西瓜，山西的万荣苹果，江西的赣南脐橙，广西的百香果，湖南的永兴冰糖橙。中国有名的果品还有很多很多，恕不一一列举。每每提起这些好吃的东西，人们自然而然就会联想起产地，说起产地的生态环境、人文风情和历史文化，这个地方也就伴随着特产而让人耳熟能详。几乎所有优秀物种都是大自然的恩赐，保护生态环境，热爱大自然，让大自然保持永恒活力，是我们每一个人的责任和义务。在探索大自然的同时，我们也将拥有诗意满满的美好生活。

谨将此书献给全世界每一位热爱大自然的人。

目录
contents

T

天麻 / 2
天仙子 / 3
田紫草 / 4
铁包金 / 5
铁筷子 / 6
铁皮石斛 / 7
铁草鞋 / 8
透骨草 / 9

W

蕹菜 / 10
乌桕 / 11
乌柿 / 12
乌头 / 13
梧桐 / 14
五味子 / 15
勿忘草 / 16

X

西葫芦 / 17
喜林草 / 18
细辛 / 19
夏枯草 / 20
仙茅 / 21
仙人掌果 / 22
香椿 / 23
香蒲 / 24
香青 / 25
香薷 / 26
小粒咖啡 / 27
小麦 / 28
小天蓝绣球 / 29
薤白 / 30
荇菜 / 31
熊耳草 / 32
雪铁芋 / 33

Y

亚麻 / 34
延胡索 / 35
芫荽 / 36
燕麦 / 37
洋桔梗 / 38
耀眼豆 / 39
野火球 / 40
野葵 / 41
野蔷薇 / 42
一年蓬 / 43
依兰 / 44
薏苡 / 45
茵芋 / 46
银边翠 / 47
银杏 / 48
罂粟葵 / 49
鹰嘴豆 / 50
鱼尾葵 / 51

榆树 / 52
虞美人 / 53
羽衣甘蓝 / 54
玉蜀黍 / 55
玉竹 / 56
郁李 / 57
远志 / 58
月桂 / 59
月见草 / 60
云实 / 61

Z

枣 / 62
獐耳细辛 / 63
芝麻 / 64
栀子 / 65
中国无忧花 / 66
朱蕉 / 67
朱砂根 / 68
猪笼草 / 69
竹子 / 70
苎麻 / 71
孜然 / 72
紫堇 / 73
紫苏 / 74
紫叶小檗 / 75
棕榈 / 76

A

鹌鹑 / 77
暗绿绣眼鸟 / 78

B

八哥 / 79
白顶溪鸲 / 80
白顶玄燕鸥 / 81
白凤乌鸡 / 82
白腹蓝鹟 / 83
白鸽 / 84

白冠长尾雉 / 85
白鹭 / 86
白头鹎 / 87
白鹇 / 88
白胸翡翠 / 89
白胸苦恶鸟 / 90
白腰雨燕 / 91
百灵 / 92
斑文鸟 / 93
斑胸草雀 / 94
斑鱼狗 / 95
北京鸭 / 96
扁嘴海雀 / 97

C

彩虹巨嘴鸟 / 98
苍鹭 / 99
橙腹叶鹎 / 100
池鹭 / 101
赤红山椒鸟 / 102
赤麻鸭 / 103
长冠八哥 / 104

七言话花鸟

tiān má

天麻

tiān má běn shì duō qíng zhǒng luò jìn hóng chén ài chūn fēng

天麻本是多情种，落尽红尘爱春风。

rú jīn bèi wā nán qīng jìng yìng qǐ tóu pí dāng yī shēng

如今被挖难清净，硬起头皮当医生。

天麻，别名：神草、赤箭、白龙皮、山地瓜、北洋芋、红天麻、定风草、还筒子、回龙子、明天麻、山萝卜。兰科，天麻属，腐生草本。产于中国南北方各地区，分布于印度等周边国家，生于疏林下，林中空地、林缘、灌丛边缘。天麻为传统名贵中药材，用以治疗头晕目眩、肢体麻木、小儿惊风等症。物语：风月有缘，美景无限。

tiān xiān zǐ
天仙子

lǜ le bā jiāo zuì le chūn　hóng le yīng táo luàn le xīn
绿了芭蕉醉了春，红了樱桃乱了心。
làng dàng dé le kāi huā xìn　kāi dé yī kè zhí qiān jīn
莨菪得了开花信，开得一刻值千金。

天仙子，别名：莨菪、铃铛草、薰牙子、牙疼草。茄科，天仙子属，二年生草本。分布于中国及周边国家。花期5—8月，果期7—10月。开钟状花，花冠明黄色，花筒深紫红色，漂亮且神秘感十足。花期之后结果，全株有一定毒性。天仙子的根、叶、种子含有莨菪碱及东莨菪碱，可作止咳药及麻醉剂。物语：高挂云帆，登高望远。

tián zǐ cǎo
田紫草

méi yǒu shén me kě yǒng héng， yī diǎn xīn si wàn diǎn qíng。
没有什么可永恒，一点心思万点情。

tián zǐ cǎo huā wú dà yòng， fèng xiàn què zhàn dì yī míng。
田紫草花无大用，奉献却占第一名。

田紫草，别名：毛妮菜、麦家公、大紫草、花荠荠、大紫草、地仙桃。紫草科，紫草属，一年生草本。分布于中国东北三省、江浙鄂皖以北地区，俄罗斯及周边国家也有。花果期4—8月。田紫草植株低矮、细小，茎叶浓绿有糙毛，口感柔软，叶丛中心顶端开淡紫色或白色小花，为家畜禽的优质青饲料。物语：闲居田野，蜂蝶有约。

tiě bāo jīn
铁包金

bù xiàng chūn fēng zhàn xiào liǎn，tiě bāo jīn kāi xuǎn xià tiān。
不向春风绽笑脸，铁包金开选夏天。
gè xìng shǐ rán jiào zhí niàn，zhí niàn gāo guò wàn chóng shān。
个性使然叫执念，执念高过万重山。

铁包金，别名：小桃花、乌口仔。鼠李科，勾儿茶属，藤状或矮灌木，高达2米。产于中国南部地区，分布于印度、越南、日本等地。花期7—10月，果期11月。铁包金植株枝条张扬，叶子翠绿色，开白色小花。小果子由红色转成黑紫色，有甜甜的味道，秋季的时候，广西山里的孩子常常把嘴巴吃得黑黑的。物语：欣然留住，家乡细语。

tiě kuài zi
铁筷子

wàn lǐ xún chūn céng shào nián, cuī lǎo què shì bǎi huā tiān
万里寻春曾少年，催老却是百花天。

tiě kuài zi huā tiě dìng yàn, wù shì rén fēi yòu yī nián
铁筷子花铁定艳，物是人非又一年。

铁筷子，别名：九朵云、九牛七、黑毛七、见春花。毛茛科，铁筷子属，多年生常绿草本，高不足0.5米。分布于中国四川西北部、甘肃南部、陕西南部和湖北西北部。铁筷子多数长得和筷子长短差不多，茎秆笔直，叶子稀少，花朵开在筷子顶端，故名铁筷子花。铁筷子花朵大而漂亮。铁筷子地下部分供药用。物语：高峰品雨，花木接福。

铁皮石斛
tiě pí shí hú

xuán yá qiào bì bù shèng shōu, lěng yàn piān yào gāo yī chóu
悬崖峭壁不胜收，冷艳偏要高一筹。

xì téng liú cuì yù xiāo tòu, shí hú huā kāi tiān jìn tóu
细藤流翠玉绡透，石斛花开天尽头。

铁皮石斛，别名：黑节草、云南铁皮、铁皮斗、枫斗、黑节石斛。兰科，石斛属，草本。产于中国云南、安徽、浙江、福建、湖南等地区。花期3—6月。茎直立，圆柱形，不分枝，在中部以上长3~5枚叶片。野生石斛，多附着于人迹罕至的悬崖峭壁上或石缝之间。食用品多为人工培育，茎秆药用，有清热、生津、明目等功效。物语：新绿娇娆，流翠宝草。

tiě cǎo xié
铁草鞋

huá ruò níng zhī rùn rú sū　měi zhì xīn dǐ jīng hóng rú
滑若凝脂润如酥，美至心底惊鸿儒。
tiān xià duō shǎo chūn qiū fù　zì lǐ háng jiān huā zhī chū
天下多少春秋赋，字里行间花之初。

铁草鞋，别名：三脉球兰、味卖龙、娘鞋藤。萝藦科，球兰属，攀缘灌木。产于中国云南、广东、广西等地区。花期4—5月，果期8—10月。藤蔓具乳液，叶肉质。花朵细小丰腴，晶莹如玉，盛开时，形成极美的白玉红蕊大花球，悬垂于枝蔓上。铁草鞋的叶可入药，用作接骨，可散瘀消肿、促进伤口愈台。物语：春垂秋千，兰解画船。

tòu gǔ cǎo
透骨草

chūn fēng chūn yǔ chūn guāng hǎo, shān yě xīn lǜ xì huā yáo
春风春雨春光好，山野新绿细花摇。

dài dào qiū lái yuè shēng gāo, zài lái cǎi shōu tòu gǔ cǎo
待到秋来月升高，再来采收透骨草。

透骨草，别名：药曲草、倒钩草。透骨草科，透骨草属，多年生草本。产于中国南北各地区，分布于俄罗斯等周边国家。花期6—10月，果期8—12月。透骨草茎叶翠绿色，开细小粉中透红的小花，根及叶的鲜汁有驱虫效果，果实带刺。透骨草为传统中药材，全草入药，具有祛风除湿、舒筋活血等功效。物语：传播本草，黏住就好。

wèng cài
蕹菜

tiān dì dōu shuō chūn yǒu fú　　lǜ hé hóng tíng xiāng xié chū
天地都说春有福，绿荷红蜓相携出。
wèng cài àng rán guān bù zhù　　qīng chǎo yào jiā dòu fǔ rǔ
蕹菜盎然关不住，清炒要加豆腐乳。

蕹菜，别名：通菜、通心菜。旋花科，番薯属，一年生草本。原产于中国，分布于热带亚洲、非洲和大洋洲。蕹菜在岭南地区约定俗成叫通菜，因其发音有通财之意，广受大众欢迎。蕹菜有旱蕹菜和水蕹菜两种，前者为旱生后者为水生。其与豆腐乳相搭配，可以制成常见菜，也可与青椒丝搭配炒制。蕹菜具有解毒消肿等功效。物语：翠云烟波，与月诉说。

wū jiù
乌柏

qiū ruò jiāo xiū fēng zháo jí, níng cuì yè xià shēn hū xī
秋若娇羞风着急，凝翠叶下深呼吸。
wū jiù yíng lái biàn sè jì, měi mù qiè wù gù pàn chí
乌柏迎来变色季，美目切勿顾盼迟。

乌柏，别名：乌臼、腊子树、木子树、米柏。大戟科，乌柏属，乔木，高可达15米。分布于中国黄河以南各省区。花期4—8月。乌柏树叶可以根据季节变化颜色，7月份由翠绿色变成红色，再逐渐变成金黄色，在树顶形成红云金雾，极为壮观艳丽。乌柏根皮和叶子均为传统中药材，具有解毒消肿等功效。物语：绿叶占春，绛雪红云。

乌柿

水里春色无量尺，山外秋有霞光衣。
山高水长想如意，种上几株金弹子。

乌柿，别名：瓶兰、山柿子、丁香柿子、长柄柿。柿科，柿属，常绿或半常绿小乔木，高可达10米。产于中国北方多个地区。花期4—5月，果期8—10月。乌柿果树绿叶婆娑，枝条开展，开五瓣淡黄色小花。乌柿的果子营养成分高，可以满足人体对维生素的大部分需求。乌柿的根和果可入药，有止痛功效。物语：花有出路，柿有前途。

wū tóu
乌头

kāi chūn dà dì xū hǎo yǔ, jiāo guàn yào cái wàn qiān zhū.
开春大地需好雨，浇灌药材万千株。

huā hóng bù dǐ cháng nián lǜ, rì yè wèi ài fèi gōng fu.
花红不抵常年绿，日夜为爱费功夫。

乌头，别名：草乌、乌头、吓虎打、五毒、鹅儿花、草乌、铁花。毛茛科，乌头属，草本，高可达2米。分布于中国云南东部、四川、湖北、贵州、湖南、江西等地区。花期9—10月。乌头开漂亮的蓝紫色花，花朵形状独特拥有专职授粉蜂群。乌头生于山地草坡或灌丛中。块根可药用，具有散寒止痛等功效。物语：自我强大，天下为家。

wú tóng
梧桐

tài yáng zǎo qǐ guǎn tiān cháng, yuè liang wǎn shuì yuè fēng guāng.
太阳早起管天长，月亮晚睡阅风光。

wú tóng chén liàn jiǎn huā yàng, xìn shǒu pō chū zǐ mò xiāng.
梧桐晨练剪花样，信手泼出紫墨香。

梧桐，别名：桐、青桐。梧桐科，梧桐属，落叶乔木，高可达16米。产于中国南北各省区，分布于周边国家。现世界各地广泛引种栽培为观赏树。法国梧桐是杂交树种，被誉为行道树之王。梧桐树冠美观大方，花朵盛开时非常漂亮。梧桐花、种子、茎和叶均为医书中记载的传统中药材，具有清热解毒等功效。物语：关注脉络，开阔视野。

wǔ wèi zǐ
五味子

wǔ wèi zǐ míng bù lǎo dān suān tián kǔ là wèi dào quán
五味子名不老丹，酸甜苦辣味道全。
huā yǔ hóng guǒ dōu nài kàn měi rú tiān xiān wèn jūn ān
花与红果都耐看，美如天仙问君安。

五味子，别名：花椒藤、面藤。木兰科，五味子属，落叶木质藤本。产于中国黑龙江、河北、宁夏、山东、甘肃等地区。五味子野生种生长于山林沟谷，缠绕在杂木上。花期5—7月，果期7—10月。花朵悬垂极为漂亮。五味子为著名中药，具有敛肺止咳、止泻止汗等功效。其叶、果实可提取芳香油。物语：宝若仙丹，力可回天。

勿忘草
wù wàng cǎo

yuè guāng rú shuǐ yún piāo miǎo，tiān bù diāo xiè wù wàng cǎo。
月光如水云缥缈，天不凋谢勿忘草。
cóng wèi dāng guò pèi jué liào，cháng qíng zhī huā zuì měi hǎo。
从未当过配角料，长情之花最美好。

勿忘草，别名：勿忘我、不凋花。紫草科，勿忘草属，多年生草本。产于中国云南、四川、江苏、华北、西北、东北等地区。勿忘草花朵细小精致，色彩十分饱满丰富。以湛蓝色最为罕见且醒目，常被年轻人当作相互倾慕和传递情感之花，也可以代表朋友之间的美好回忆。勿忘草优雅漂亮，从不用于充当插花配角。物语：爱在心头，不肯屈就。

西葫芦

xī hú lu

hòu yuàn yī jià xī hú lu， jìng sī chéng liáng sǎo kù shǔ

后院一架西葫芦，静思乘凉扫酷暑。

fēng yǔ wú duān luàn xīn xù， wèn nǐ yín hé qiǎn jǐ xǔ

风雨无端乱心绪，问你银河浅几许。

西葫芦，别名：番瓜、菜瓜、斗篷瓜、短藤瓜、茭瓜、角瓜、蛟瓜、美国南瓜、美洲南瓜、夏南瓜、西葫芦子、金瓜。葫芦科，南瓜属，一年生蔓生。世界各地广泛栽培，中国清朝时从欧洲引入种植，现各地广泛分布。西葫芦营养丰富，炒食做馅都很美味。含钙量超过一般瓜果蔬菜，具有除烦止渴、润肺止咳、消肿清热等功效。物语：芬芳热烈，纯洁柔和。

喜林草
xǐ lín cǎo

bā qiān lǐ lù huā lián tiān guī háng shēng lǐ míng yuè yuǎn
八千里路花连天，归航声里明月远。
zěn kě xǔ xià hǎi zhī liàn jiǎo de fēng yún yě shī mián
怎可许下海之恋，搅得风云也失眠。

喜林草，别名：粉蝶花、婴眼花、幌菊。水叶草科，喜林草属，一年生草本。原产于北美西部，中国引进栽培观赏。喜林草为野生花草，因其娇小美丽而广受欢迎。栽培种多在7—10月播种，种子经过冬化后到翌年的4—5月开花。喜林草大面积种植后，可形成海天相连的蓝色花海。这种景色难得一见，十分震撼，让人流连忘返。物语：绝色天书，心底之物。

xì xīn
细辛

shān shuǐ xiāng sī wú jìn qī, máo dùn xíng chéng jié hé tǐ.
山水相思无尽期，矛盾形成结合体。

shēng mìng zhī lǚ yǒu yì yì, xì xīn jiě biǎo chù shǒu jí.
生命之旅有意义，细辛解表触手及。

细辛，别名：细草、少辛。马兜铃科，细辛属，多年生草本。分布于中国四川、河南等地区，生于海拔1500～2000米的山坡林下阴湿处。花期4—5月，果期5—6月。细辛属于早春顶凌出土的柔茎细根，开紫红色花，非常特别，可观赏。根据医书记载，细辛可全草入药，具有镇痛、止痛等功效，可治疗风冷头痛等症。物语：曲折过去，尽是坦途。

xià kū cǎo
夏枯草

shí guāng bù lǎo yù chuán qíng　xià kū cǎo shàng chuī jìng fēng
时光不老欲传情，夏枯草上吹劲风。

hóng chén ruò bù suí xīn xìng　shùn qí zì rán xíng de tōng
红尘若不随心性，顺其自然行得通。

夏枯草，别名：燕面、乃东、铁色草、麦夏枯、铁线夏枯草。唇形科，夏枯草属，多年生草本。产于中国，世界各地广泛分布。花期4—6月，果期7—10月。夏枯草生性强健，野生野长不拘生长环境，细茎上可轮番开出一串串风车似的粉紫色小花。夏枯草为传统中药材，其干燥品具有清肝明目、散结消肿等功效。物语：大风起兮，婉约流逝。

xiān máo
仙茅

bù huāng bù máng bù fèi téng　yáng guāng wú xíng yè yǒu yǐng
不慌不忙不沸腾，阳光无形叶有影。
cǎo mù xì jié chū méng dòng　biàn sì yù shù chū lín fēng
草木细节初萌动，便似玉树初临风。

仙茅，别名：独脚仙茅、独茅、地棕、山党参、番龙草、竹子草、走根草、尖刀草。石蒜科，仙茅属，多年生草本。产于中国，亚洲地区分布广泛。仙茅的叶线形，根状茎粗厚，看上去绝对有一种仙气飘飘的感觉。黄色小花也开得鲜艳亮丽。其在地下生长，长相如人参的仙茅根茎，为有名的传统中药材，可治疗四肢麻木等症。物语：注定不凡，益寿延年。

仙人掌果

xiān rén zhǎng guǒ

nóng nóng lǜ yì dàn dàn fēng, xiān rén zhǎng guǒ yíng yíng hóng
浓浓绿意淡淡风，仙人掌果盈盈红。
shā mò yǒng dòng nán ān jìng, rè liè jìn zài bù yán zhōng
沙漠涌动难安静，热烈尽在不言中。

仙人掌果，别名：火焰、霸王树果。仙人掌科，仙人掌属，多年生常绿丛生肉质灌木。原产于墨西哥等多个热带地区，中国栽培历史十分悠久，向来都以观赏为主。仙人掌耐干旱、耐贫瘠，部分植株可以食用。其花朵十分漂亮，五彩缤纷。仙人掌果营养尤为丰富，其所含的多糖类和黄酮类化合物，可降低心脑血管疾病的发生概率。物语：放下执念，必得圆满。

香椿

xiāng chūn

tián yě fāng jìng huí chūn shí, wàn wù fù sū huā rǎn yī.
田野芳径回春时，万物复苏花染衣。

xiāng chūn gǎn shàng fā yá jì, cùn duǎn shèng guò wàn qiān chǐ.
香椿赶上发芽季，寸短胜过万千尺。

香椿，别名：春菜头、春颠皮、春芽子、春阳树、椿根皮、香铃子、山椿。楝科，香椿属，落叶乔木。产于中国南北多个地区，山东栽培数量多且历史悠久。花期6—7月，果期10—11月。春季其嫩芽可制菜肴。香椿树高大笔直，树冠绿叶婆娑。初夏香椿开簇生乳黄色小花，蕊细长芳香，花团锦簇。香椿的根皮及果可药用。物语：春之细雨，香飘江湖。

香蒲

xiāng pú

píng àn yuǎn shuǐ tiào wàng duō, fēng gāo xiāng pú piāo fēi xuě.
凭岸远水眺望多，风高香蒲飘飞雪。
lín xíng zǒng zài tián biān zuò, yī diǎn xiāng sī wú cóng jué.
临行总在田边坐，一点相思无从绝。

香蒲，别名：蒲菜、水蜡烛、蒲棒、东香蒲。香蒲科，香蒲属，多年生水生或沼生草本。产于中国黑龙江、吉林、辽宁、内蒙古、河北、山西、江西等地区。香蒲水中嫩茎部分可作蔬菜，营养丰富，味道清香。香蒲的花粉可入药。老蒲棒子花用来当天然填充物，老叶子可以编织蒲席或各种日用品。物语：晨为少年，晚是苍颜。

xiāng qīng
香青

xiāng qīng rù hǎi nán wéi shuǐ　tiān shàng rén jiān dài fēng chuī
香青入海难为水，天上人间待风吹。
cǐ shēng suī rán bù wǔ mèi　hōng hōng liè liè huó yī huí
此生虽然不妩媚，轰轰烈烈活一回。

香青，别名：避风草、打火草、大毛香、火绒草、香人艾。菊科，香青属，多年生草本，高0.2～0.5米。产于中国，分布于朝鲜、日本，生于低山或亚高山灌丛、草地、山坡和溪岸。花期6—9月，果期8—10月。香青植株健壮，生命力极旺盛，长形绿叶微厚长有细小绒毛。夏季开花时白花如雪团般纯美，迎风飞扬。物语：寥寥数语，送走悲苦。

香薷

xiāng rú

gòng qíng zhī qián xiān líng tīng　chén mò zhī zhōng yǒu rèn tóng
共情之前先聆听，沉默之中有认同。

kāi fàng xū yào hǎo huán jìng　xiāng rú xuǎn zé shān yě fēng
开放需要好环境，香薷选择山野风。

香薷，别名：香草、香茹。唇形科，香薷属，一年生草本，高0.5米。产于中国除新疆、青海外的南北方多个地区，分布于俄罗斯、蒙古国、朝鲜、日本、印度及中南半岛等地区。花期7—10月，果期10月至翌年1月。在乡村的田野地头山边，可以看到大丛大丛的香薷枝头上盛开出粉紫色花穗，可作青饲料。物语：芳香缕缕，处处翠绿。

xiǎo lì kā fēi

小粒咖啡

bù yào rù mèng bù yào xiān， zhǐ xū chén zuì yuè guāng qián。

不要入梦不要仙，只须沉醉月光前。

qīng shēng hū huàn wàn qiān biàn， tiān dǐ měi wèi dào chún biān。

轻声呼唤万千遍，天底美味到唇边。

小粒咖啡，别名：咖啡。茜草科，咖啡属，小乔木或大灌木。中国福建、广东、海南、四川等地区均有栽培。开簇生白色小花，结红色果实，采摘后取出种子烘烤制成咖啡豆，再经研磨后用于饮品。咖啡的品种和产地环境至关重要，决定着咖啡的味道是否香浓。小粒咖啡含有的咖啡因较低，主要功效为提神醒脑和降低血脂肪。物语：沉浸其中，风影惊鸿。

xiǎo mài
小麦

ài huā rén xiě huā fēng guāng qiè wù rù fù yòng chǐ liáng
爱花人写花风光，切勿入腹用尺量。

xiǎo mài dào chù dōu xīng wàng yī cùn xiāng wèi wàn zhàng cháng
小麦到处都兴旺，一寸香味万丈长。

小麦，别名：宝古代、麦子、浮麦、麸麦。禾本科，小麦属，一年生或越年生草本。广泛分布于世界各地。小麦是重要农作物。人类栽培时间久远。小麦在中国已形成三大产区，分别为北方冬麦区、南方冬麦区以及春小麦区。小麦因含有乙种维生素，故入药可助消化。其麦麸可制味精，可作饲料，秆供编织草帽等。物语：草木从容，五谷丰登。

xiǎo tiān lán xiù qiú
小天蓝绣球

huā wài yǒu huā huā yǒu qíng, bù shī fěn dài hèn chí shēng.
花外有花花有情，不施粉黛恨迟生。

lái nián wèi xuě xiān yuē dìng, tóng yún yān zhi gòng yù fēng.
来年未雪先约定，同匀胭脂共驭风。

小天蓝绣球，别名：金山海棠、雁来红、福禄考。花荵科，福禄考属，一年生草本，高0.12~0.45米。原产于北美洲墨西哥，中国引进栽培观赏。小天蓝绣球植株健美大方，适合盆栽养育。小天蓝绣球茎直立，单一或分支，花冠淡红、深红、紫、白或淡黄色。可以净化空气，点亮心情，宜家宜室。物语：相思如梦，花开无冬。

xiè bái
薤白

lěng yuè àn cún méi huā xuě　xiè bái yíng chūn jiāo xiū duō
冷月暗存梅花雪，薤白迎春娇羞多。

xié yáng rào shān cóng tóu yuè　zǔ hé jiā rù hán yān tiě
斜阳绕山从头越，组合加入寒烟帖。

薤白，别名：野葱、野蒜。百合科，葱属，草本。产于中国除新疆、青海外各省区，分布于俄罗斯、朝鲜和日本。薤白有点像是葱、蒜、韭菜的结合体，自古迄今，国人对薤白的吃法各不相同。人类对于植物的渴求多种多样，薤白在春夏食用嫩绿茎叶，秋冬吃地下根茎，美食之余，更多的还是其药用价值，其鳞茎入药，具有下气等功效。物语：薤白出生，鱼水之情。

xìng cài
荇菜

mù xiù yú lín fēng dǎ rǎo　shuǐ guī dà hǎi biàn bō tāo
木秀于林风打扰，水归大海变波涛。

xìng cài cóng lái bù gāo diào　zì zài hú zhōng lè xiāo yáo
荇菜从来不高调，自在湖中乐逍遥。

荇菜，别名：水荷叶、驴蹄菜、莲叶荇菜、水荷叶、大浮萍。睡菜科，荇菜属，多年生水生草本，中国各地区湖泊、池塘的一种水生植物。荇菜喜充足光照，适生于多腐殖质的微酸性至中性的底泥和富营养的水域中，再生力强。荇菜绿叶和花朵漂浮于水面，不仅可以观赏，其根茎还是江南常见蔬菜。野生荇菜可净化水质。物语：江南水乡，风韵悠长。

xióng ěr cǎo
熊耳草

qīng shān yān yǔ àn xián shí, xióng ěr cǎo huā qíng yě chī
青山烟雨暗闲时，熊耳草花情也痴。
yōu yōu suì yuè cháng gēng tì, měi měi huí yì xū zhēn xī
悠悠岁月常更替，美美回忆须珍惜。

熊耳草，别名：藿香蓟、熊耳花。菊科，藿香蓟属，一年生草本，高可达1米。原产于墨西哥及毗邻地区，分布区域较广，中国栽培种植大约有150年历史。花果期全年。熊耳草茎直立，叶子似心形又有点像熊的耳朵，故而得名。花朵由粉紫色细丝状形成小绒球再组合成团，花团锦簇。盆栽花，味道清香，有净化空气的作用。物语：芳香缕缕，花团簇簇。

雪铁芋

xuě tiě yù

hóng yán bù lǎo zhòng jīn qián, kuò qì pū pái tiān dì jiān.
红颜不老种金钱，阔气铺排天地间。
zhī zhī yè yè chán wàn guàn, huā huā lǜ lǜ guò dà nián.
枝枝叶叶缠万贯，花花绿绿过大年。

雪铁芋，别名：龙凤木、金钱树、发财树、泽米叶天南星。天南星科，雪铁芋属，多年生常绿喜荫草本。原产于非洲东部，中国广东等地区引进栽培观赏。雪铁芋是一种以观叶为主的植物，适合置于家居、办公场所以及宾馆大厅，主因是金钱树依靠吸收二氧化碳来强大自己，树前来往的人越多，叶片就越油绿丰腴。物语：金钱进门，空气清新。

yà má
亚麻

tiān mǎ xíng kōng xiǎn jīng shen　rì yuè lián xiàn kě huí chūn
天马行空显精神，日月连线可回春。

yà má yě yǒu xīn lǐ lùn　shàng wǎng xī yǐn wèi lái rén
亚麻也有新理论，上网吸引未来人。

亚麻，别名：亚麻子、胡麻、鸦麻、壁虱胡麻、山胡麻。亚麻科，亚麻属，一年生草本。原产于地中海地区，分布于世界各地。花期6—8月，果期7—10月。亚麻油富含人体所需要的亚麻酸，对于保护心血管有很好的作用。其纤维制品吸汗透气性好，可以保护皮肤。亚麻根和油脂为传统中药材，具有降血脂、降血压等功效。物语：守拙田园，珠落玉盘。

延胡索

yán hú suǒ

xià yè tiān wài xì fēng liáng，yán hú suǒ cóng xī shuài máng。
夏夜天外细风凉，延胡索丛蟋蟀忙。

jiù zhe yuè guāng tīng gè chàng，xìn shǒu niān lái jǐ lǚ xiāng。
就着月光听个唱，信手拈来几缕香。

延胡索，别名：长距元胡、元胡、延胡。罂粟科，紫堇属，多年生草本。产于中国多个地区。延胡索常野生于丘陵草地，不耐旱，喜欢温暖湿润的环境，茎直立，叶子翠绿色，开粉紫色或粉红色清香小花。延胡索为具有代表性的止痛活血药材，其块茎是天然植物中的止痛之王，历经千年变迁，仍被推崇备至。物语：从头到脚，止痛灵药。

芫荽

借扇小窗望云天，恰似所见五指山。
尽管芫荽看不远，却是天下第一鲜。

芫荽，别名：香菜、香荽、胡荽、蒝荽、马苏、盐须菜。伞形科，芫荽属，一年或二年生草本。原产于欧洲地中海地区，中国于汉代开始栽培种植。芫荽主要为新鲜调味香料作物。芫荽富含多种矿物质，能够预防白发过早出现。芫荽不仅是调味品，还有一定药用价值，其果可入药，具有健胃消食、驱风透疹等功效。物语：一物一用，天道可行。

燕麦

开春牵挂丰年秋，只因收获在这头。
燕麦虽说比花瘦，却比惊艳胜一筹。

燕麦，别名：铃当麦、玉麦。禾本科，燕麦属，一年生草本。燕麦为世界广泛栽培的农作物，主要集中于北半球温带地区。中国燕麦主产于北方多个省市，以内蒙古自治区中部阴山北麓所产的最为优质，因地理气候高寒干燥且温差大，故成为世界黄金燕麦主产区。燕麦片食用简单，能够调节血糖、控制体重，可降低血脂、胆固醇。物语：追求高远，奉献人间。

yáng jié gěng

洋桔梗

shān gāo bù zǔ wàn lǐ fēng，shēn hǎi lún dù zhào háng xíng。

山高不阻万里风，深海轮渡照航行。

zì rán jǐng sè duō shēng dòng，tiān wài fēi lái yáng jié gěng。

自然景色多生动，天外飞来洋桔梗。

洋桔梗，别名：草原龙胆。龙胆科，草原龙胆属，多年生草本。原产于美国，世界各地广泛种植。花期5—10月，果期秋季。洋桔梗喜全日照、不耐热。洋桔梗为国际插花市场的流行花卉，近年来中国引进栽培观赏。洋桔梗花色丰富，花朵错落有致，有的粉红中微带白色、纯白色，也有的淡紫色，飘逸如仙子。物语：人间甘霖，花中清新。

耀眼豆
yào yǎn dòu

shàng gǔ shè rì luò xī shān，shí guāng fēng liú bù kěn huán
上古射日落西山，时光风流不肯还。
yào yǎn dòu dào hòu tíng yuàn，zhǎo gè zhuāng zi shuān jiǔ tiān
耀眼豆到后庭院，找个桩子拴九天。

耀眼豆，别名：吉祥鸟、枭眼花。豆科，耀花豆属，常绿半匍匐状亚灌木。原产于澳大利亚，中国南部引进栽培。花期3—4月，果期秋季。耀眼豆盛开时花形奇特，颜色丰富多彩。鹦鹉嘴状的猩红色花瓣绽放后，花瓣基部的紫黑色斑块如同鸟的眼睛，活灵活现。盆栽耀眼豆多在早春三月开花，喜温暖和干燥、光照充足的环境。宜家宜室。物语：张开望眼，一飞冲天。

野火球

yě huǒ qiú

dà xīng ān lǐng xī jīn qiū， liú yún zuò xiǎng yǎn xīn lóu
大兴安岭惜金秋，流云作响掩新楼。

měi jǐng yī bǐ nán huà jiù， miáo shàng jǐ zhū yě huǒ qiú
美景一笔难画就，描上几株野火球。

野火球，别名：火球花、红五叶。豆科，车轴草属，多年生草本。产于中国东北、内蒙古等地区，周边国家有分布。花果期6—10月。野火球野生于荒地林缘山坡，生命力旺盛，绿色叶片如车轮般环绕紫色花球。野火球为寒冷地区的优质牧草，开花时间长，花量多。全草入药，有镇静安神等功效。

物语：花之风韵，前程似锦。

yě kuí
野葵

cūn tóu mén qián xiǎo xī shuǐ, yòng piáo yǎo lái xǐ yě kuí
村头门前小溪水，用瓢舀来洗野葵。
céng shì ér shí zuì měi wèi, rú jīn wéi yú cǎi yún fēi
曾是儿时最美味，如今唯余彩云飞。

野葵，别名：冬葵、滑菜、棋盘叶、芪菜。锦葵科，锦葵属，二年生草本，高可达1米。产于中国黑龙江、吉林、山东、江苏等地区。花期3—11月。野葵为野生野长强健植物。嫩苗可以烫一下，凉拌、清炒或做馅均可。花朵洗净鲜食，美容养颜。野葵的种子、根、叶均为中药材，具有清热解毒等功效。物语：月下美人，田野之春。

yě qiáng wēi
野蔷薇

huáng hūn shōu qǐ mò shàng fēng jìng wò yún zhōng huā wèi xǐng
黄昏收起陌上风，静卧云中花未醒。

yíng shí yě yǒu shào nǚ mèng měi rú chūn yàn ní nán zhōng
营实也有少女梦，美如春燕呢喃中。

野蔷薇，别名：刺花、营实、蔷薇、七姐妹、月月红。蔷薇科，蔷薇属，攀缘灌木。产于中国南北方各地区。野蔷薇生性强健，枝叶茂盛，攀缘能力极强，开花量很大，花朵娇艳，色彩丰富。野蔷薇以白花的果实为上品。野蔷薇为传统中药材，具有除风湿、消水肿、轻身益气、清热解毒、活血化瘀等功效。物语：绽放洒脱，花有着落。

一年蓬

yī nián péng kāi yì shù gǎn, yuè lún méng lóng zhuàn qīng huān
一年蓬开艺术感，月轮朦胧转清欢。
bù xiǎng yǎ zhì wú huǒ bàn, fēn xiǎng jǐ fēn dào rén jiān
不想雅至无伙伴，分享几分到人间。

一年蓬，别名：千层塔、野蒿。菊科，飞蓬属，一年或二年生草本。产于北美洲，中国驯化历史悠久，南北方各地区分布广泛。常逸生于山坡荒野田头地角。花期6—9月。洁白色小花芳香优雅，花瓣精致极耐观赏。园圃常种植一年蓬，用于提炼治疟药物。民间多采摘晒干用于清热解毒，治蛇咬。全草入药，茎叶有降血糖、抗炎抑菌之功效。物语：祥和素净，处世之风。

yī lán
依兰

dú tè xiāng wèi tián kòng bái, xiāng shuǐ shù huò mǎn táng cǎi
独特香味填空白，香水树获满堂彩。

wēn xīn shí kè xiāo shī kuài, qǐng jiāng měi hǎo shōu qǐ lái
温馨时刻消失快，请将美好收起来。

依兰，别名：香水树、伊兰香、加兰楷、夷兰。番荔枝科，伊兰属，常绿乔木或灌木，高可达20米。原产于部分东南亚国家，广泛分布于热带地区，中国南方地区有栽培。依兰的提炼物为名贵的香料和定香剂。开淡绿色细长瓣花朵，待变成明黄色时即可采摘，初闻时好似茉莉花香，持续两三天以后变成晚香玉之香。物语：香花冠军，迷醉凡人。

yì yǐ
薏苡

tài shān yā dǐng zhào lì zú, tòu guò yún céng kàn rì chū.
泰山压顶照立足，透过云层看日出。

yì yǐ yào pū mì yuán lù, nǎ duǒ fēn fāng kěn fú shū.
薏苡要铺蜜源路，哪朵芬芳肯服输。

薏苡，别名：薏米、回回米、菩提子、数珠果。禾本科，薏苡属，一年生粗壮草本。产于中国，分布于亚洲东南部与太平洋岛屿。薏苡去壳后叫薏米，洁白如米，可以煲汤或酿酒。外壳厚而坚硬的叫菩提子，多用于制作串珠。薏苡仁药食同源，为有名的传统中药材，具有健脾养胃、降血压、祛湿气、消水肿等功效。物语：薏草绽放，不香也芳。

茵芋
yīn yù

yàn zi jiǎn chū zǎo chūn jǐng, liǔ shào chuī chū nèn yá qíng.
燕子剪出早春景，柳哨吹出嫩芽情。
yīn yù jià fēng yù yuán mèng, wú nài gēn zài ní tǔ zhōng.
茵芋驾风欲圆梦，无奈根在泥土中。

茵芋，别名：岩罗花、山桂花、黄山桂、深红茵芋。芸香科，茵芋属，灌木。产于中国，菲律宾也有。茵芋枝叶具有柑橘的芳香味道，早春三月在枝头盛开大簇大簇的顶生小花，纯白色、紫红色或者乳黄色，秀丽耐看，花朵芳香浓郁。茵芋枝叶味道苦涩且有毒性，为中药材，全株均可药用，可治疗肾炎。物语：不知轻重，切勿使用。

yín biān cuì
银边翠

yīng tí liù yuè xià shí jié, yín biān cuì yè piāo fēi xuě
莺啼六月夏时节，银边翠叶飘飞雪。
bīng zī bù róng huā rè liè, zhēng xiāng yǒng shàng cháo yáng gé
冰姿不溶花热烈，争相涌上朝阳阁。

银边翠，别名：象牙白、高山积雪。大戟科，大戟属，一年生草本。原产于北美洲，中国引进栽培观赏。银边翠植株美观大方，叶片绿色镶有美丽白边，花朵洁白无瑕，为观叶观花植物。银边翠吸收粉尘净化空气，但汁液有小毒，不宜种植于家中。银边翠全草具有药用价值，能够治疗跌打损伤和无名肿痛。物语：风若无情，云何以动。

yín xìng
银杏

jiāng nán yín xìng shù tǐng bá，tiān mù wú biān jī qíng fā。
江南银杏树挺拔，天幕无边激情发。

bàn shēng bù shě chūn qiān guà，qiū lái bái guǒ sòng dà jiā。
半生不舍春牵挂，秋来白果送大家。

银杏，别名：白果、公孙树。银杏科，银杏树，落叶大乔木，高可达40米。银杏树是中国特有的古老树种，现已经被世界多个国家引种栽培观赏。银杏果实在宋朝时期被当作贡品，早期集市上经常有炒白果售卖，现在超市中可以买到加工过的白果仁。银杏为常见传统药材，可以润肺平喘。有小毒，不宜多食。物语：合抱之木，源于起步。

yīng sù kuí
罂粟葵

huā cǎo shù mù yǒu jì tuō, yáng guāng yǔ lù zhǎo kuài huo
花草树木有寄托，阳光雨露找快活。

yīng sù kuí huā hěn bù cuò, kě xī míng zi shì fēi duō
罂粟葵花很不错，可惜名字是非多。

罂粟葵，别名：矮粟葵、蔓锦葵。锦葵科，罂粟葵属，多年生匍匐草本。原产于美国，近年来中国引进栽培观赏。罂粟葵耐寒喜光，不择土壤，在相对寒冷的北方可以自行越冬。生命力极旺盛，善于自播自长。其主根白色粗壮，植株就地而长枝叶优美飞扬，盛开时单薄的花朵足以令周围的五彩缤纷顿然失色。物语：过度惊艳，喜忧参半。

yīng zuǐ dòu
鹰嘴豆

xīn dòng fēn míng ài kāi shǐ, cǐ kè qiān shǒu zhèng dāng shí。
心动分明爱开始，此刻牵手正当时。
yīng zuǐ dòu huā ruò wú jì, qiě jiāng chūn sè zhuāng xīn lǐ。
鹰嘴豆花若无计，且将春色装心里。

鹰嘴豆，别名：香豆子、回回豆、鸡儿豆、鸡豆、桃豆。豆科，鹰嘴豆属，一年生或多年生攀缘草本，高可达2米。分布于地中海、亚洲、非洲、美洲等地区，中国多地引种栽培，生于海拔2000～2700米。花期6—7月，果期8—9月。鹰嘴豆嫩叶、嫩苗、嫩豆荚均可当蔬菜食用。鹰嘴豆常被制作成罐头。物语：万里濯足，超越世俗。

yú wěi kuí
鱼尾葵

yǒu yún yǒu yǔ yǒu tiān qíng, yú wěi kuí yǒu sì jì fēng.
有云有雨有天晴，鱼尾葵有四季风。

dà dì bǎo yǒu yǒng xù xìng, xiè le chūn hóng yǒu qiū chéng.
大地保有永续性，谢了春红有秋成。

鱼尾葵，别名：青棕、钝叶董棕、假桄榔。棕榈科，鱼尾葵属，乔木状，高10～15米。产于中国广东、海南等地区。鱼尾葵的叶子有点像鱼尾巴。在海南生活的苗族人把鱼尾葵叫干冻干，砍下根茎剥去外皮，最里面的白色嫩心如同香蕉似的鲜甜可口，算是当地大人孩子经常食用的零食。其茎髓含淀粉。物语：根茎药用，无所不能。

yú shù
榆树

yín gōu bù guà xīng chén tiān, yú shù zhī tóu chūn fēng huán
银钩不挂星辰天，榆树枝头春风还。
xún cháng rén jiā qiān qiān wàn, nǎ ge bù xiǎng yǒu yú qián
寻常人家千千万，哪个不想有余钱。

榆树，别名：零榆、家榆、白榆、春榆、榆钱树、钻天榆。榆科，榆属，落叶乔木，高可达25米。分布于中国北方各地区，周边国家也有分布。花果期3—6月。榆叶、榆树皮都可以直接制成食物裹腹。榆钱是榆树的花朵，开放时，呈嫩黄绿色，鲜甜润滑。榆树的树皮、叶及翅果均可药用，具有安神等功效。物语：年年有余，家家富足。

yú měi rén
虞美人

lěng xiāng bù céng dòng dì hún, huí móu yǐn dé tiān shēng chūn
冷香不曾动地魂，回眸引得天生春。
měi dào hǎo chù jiǎo yuè wèn, wǒ xīn kě fǒu huàn nǐ xīn
美到好处皎月问，我心可否换你心。

虞美人，别名：丽春花、丽春草、仙女蒿、百般娇、赛牡丹、绸子花。罂粟科，罂粟属，一年生草本。原产于欧亚大陆，中国栽培观赏历史非常悠久。花果期3—8月。大片大片的虞美人花含羞盛开，细细的花茎，单薄的花瓣，风姿绰约，在风中摇曳。虞美人为医书中记载的中药材，花和全株入药，具有收敛止泻、抑咳镇痛等功效。物语：轻柔如梦，神韵生动。

yǔ yī gān lán
羽衣甘蓝

hé fēng xì yǔ cún gāo yuǎn, lán guì qí fāng bái yún tiān.
和风细雨存高远，兰桂齐芳白云天。
xiū jiāng yǔ yī dàng huā bàn, pà chǒu míng jiào sì mǔ dān.
羞将羽衣当花瓣，怕丑名叫似牡丹。

羽衣甘蓝，别名：皱叶椰菜、花卷、卷叶菜、蓝花羽衣甘蓝、三色羽衣甘蓝、羽叶甘、羽叶衣蓝、叶牡丹。十字花科，芸苔属，二年生观叶草本花卉。中国引进栽培，常见于大城市公园。羽衣甘蓝口感好、味道清香，富含叶酸和多种维生素，具有养胃和中、清热除烦等功效，是不可多得的优质绿色食品。物语：非花胜花，健康为大。

yù shǔ shǔ
玉蜀黍

qiān zǎi sè pǔ fù gài quán zhí shǒu mí fān yù huǒ tiān
千载色谱覆盖全，执手迷翻欲火天。
yù mǐ tǐng bá yíng fēng zhàn huáng jīn suì shàng jié lián huán
玉米挺拔迎风站，黄金穗上结连环。

玉蜀黍，别名：棒子、苞谷、老玉米。禾本科，玉蜀黍属，一年生高大草本。原产于拉丁美洲，中国各地均有栽培。玉蜀黍是全世界最为重要的粮食作物，中国栽培历史悠久。玉蜀黍喜光、不耐阴，生命力旺盛，其所含核黄素对于人体黏膜具有保护作用。玉蜀黍的花柱可治糖尿病，其根及叶可药用。物语：人间至宝，试领风骚。

yù zhú
玉竹

hóng chén zǐ mò fēn liǎng tóu　yī tóu chūn sè yī tóu qiū
红尘紫陌分两头，一头春色一头秋。
yù zhú zhǎng zài lǎo wū hòu　mí zú zhēn guì rǎn xiāng chóu
玉竹长在老屋后，弥足珍贵染乡愁。

玉竹，别名：尾参、地管子、女草、卷叶黄精、玉竹黄精。百合科，黄精属。湖南邵东县为中国玉竹之乡，所产玉竹被列为地理标志产品，全国知名度最高。玉竹在广东日常汤品中最为常见，多被用来煲汤，具有养阴润燥等功效。玉竹是中药材里端上餐桌的罕有之物，性平味甘，柔润可食，老少皆宜。物语：春秋不老，永享热闹。

yù lǐ
郁李

shí jiē kě jiàn qīng lù cháng, yù lǐ huā kāi wàng yōu xiāng
拾阶可见清露长，郁李花开忘忧香。
fū yí bié yuàn méi shāng liang, jìng zì shēng chū hóng miàn láng
夫移别院没商量，径自生出红面郎。

郁李，别名：齿齿、赤李子、爵梅、秧李、夏花柳李、棠棣、策李。蔷薇科，樱属，灌木，高达2米。分布于华北、华中及华南等地区。郁李植株强健，耐寒冷、耐干旱、耐贫瘠。春天紫褐色的细枝条朝天张扬开去，长出绿叶芽和粉红色或近白色花苞。郁李的核仁可药用，具有健胃润肠、利水消肿等功效。物语：芙蓉寒江，冷艳芳香。

远志

yuǎn zhì

sì shí bù tóng dōng xī fēng, nán běi liǎng jí gèng fēn míng.
四时不同东西风，南北两极更分明。
yuǎn zhì zòng yǒu wàng yuǎn jìng, nán yǐ kàn jìn měi wú qióng.
远志纵有望远镜，难以看尽美无穷。

远志，别名：小草、棘菀、线儿茶、神砂草。远志科，远志属，多年生草本。产于东北、华北、西北、华中及四川，分布于朝鲜、俄罗斯等国家。远志的别名叫小草，整株优雅知性，美若兰花。细细的绿茎、细细的叶子和精致无比的蓝紫色花，再配上凌空飞扬、豪气干云的名字，不得不让人一见钟情。物语：随意天涯，美之升华。

月桂

yuè guì

香叶太香天欲禁，可惜芳香入林深。

xiāng yè tài xiāng tiān yù jìn, kě xī fāng xiāng rù lín shēn.

月上高枝有一问，可否长颗添香心？

yuè shàng gāo zhī yǒu yī wèn, kě fǒu zhǎng kē tiān xiāng xīn?

月桂，别名：香叶树、月桂树、老利儿。樟科，月桂属，常绿小乔木或灌木状，高可达12米。原产于地中海一带，中国台湾、浙江、江苏、福建、四川等地区引种栽培。月桂以广西玉林市出产的最为有名。采摘月桂树的新鲜香叶，叶片越成熟香味越浓郁，为常用香料。月桂的叶和果含芳香油，种子含植物油。物语：光阴似箭，又是一年。

yuè jiàn cǎo
月见草

rén shuō wǎn gōng dāng wǎn qiáng　yuè jiàn cǎo shàng kàn fēng guāng
人说挽弓当挽强，月见草上看风光。

qīng lǐ xuè guǎn dì yī bàng　bǎi huā zhī zhōng kě chēng wáng
清理血管第一棒，百花之中可称王。

月见草，别名：待霄草，晚樱草、山芝麻、夜来香、野油菜。柳叶菜科，月见草属，直立二年生粗壮草本。原产于北美洲，中国早期引进栽培观赏，分布于多个地区。月见草不择土壤，植株美观，花朵摇曳生姿，极为美丽，夜晚盛开时，更是芳香四溢。月见草可制月见草油胶囊，具有软化血管、防止动脉硬化等功效。物语：美如天仙，降福凡间。

云实

yún shí

chánɡ qínɡ dānɡ yònɡ chánɡ qínɡ huán, yún shí kāi huā shènɡ yōu lán.
长情当用长情还，云实开花胜幽兰。

pínɡ yuán qiū línɡ rèn xìnɡ zhuàn, bīn fēn bù wànɡ xiè liú nián.
平原丘陵任性转，缤纷不忘谢流年。

云实，别名：天豆、马豆。豆科，云实属，藤本。产于中国南北方各地区，分布于亚热带和温带地区。云实野生于山坡丘陵或旷野地头，树皮暗红色，羽状叶子翠绿，宝塔似的金黄色小花令人眼前一亮。如此田园之风旷野之美，经常令喜爱大自然的徒步年轻人流连忘返。云实的根、茎及果实可药用，具有活血散寒等功效。物语：春接秋开，参差有态。

zǎo
枣

gū yān luò rì zhī lù yáo　yuān fēi yú yuè rèn tiān gāo
孤烟落日知路遥，鸢飞鱼跃任天高。

xiǎo huā xiǎo de kàn bù dào　què yǒu běn shi jiē hóng zǎo
小花小得看不到，却有本事结红枣。

枣，别名：大枣、枣子、干枣、红枣、别大枣。鼠李科，枣属，落叶小乔木，稀灌木。原产于中国北方各地区，栽培历史十分悠久。枣以陕西省运城市稷山县的最为著名，稷山板枣扁圆形味道甘美，种植历史悠久曾为皇室贡品。枣为传统中药材，具有补血养血、强身健体、安神养心、滋补强壮等功效。物语：以己心花，艳人年华。

zhāng ěr xì xīn
獐耳细辛

sì zhì wǔ yuè chūn yǐ wǎn， fēng jiào zǐ yùn měi shàng tiān。
四至五月春已晚，风叫紫韵美上天。
yǔ huā xiāng chǔ suī duǎn zàn， shùn jiān shèng guò yī bǎi nián。
与花相处虽短暂，瞬间胜过一百年。

獐耳细辛，别名：雪割草、幼肺三七。毛茛科，獐耳细辛属，高0.08～0.18米。分布于中国浙江、安徽等地区，朝鲜半岛亦有分布。因其在冰雪中发芽生长，到4月份开花，故而成为与日本樱花齐名的春草花卉。獐耳细辛就地生长，三角状宽大叶片独具特色，仙气十足的蓝紫色单瓣花朵和火柴头花蕊，足以美得令大地销魂。根状茎药用。物语：柔而纤细，无与伦比。

zhī ma
芝麻

zhī ma kāi huā yǒu jié diǎn, chuàng yì wú xiàn kàn diàn wán.
芝麻开花有节点，创意无限看电玩。

xiàn shàng xīn shǎng zhēng bà zhàn, chuán tǒng wén huà miàn miàn guān.
线上欣赏争霸战，传统文化面面观。

芝麻，别名：油麻、胡麻。胡麻科，胡麻属，一年生直立草本。原产于印度，汉朝时引入中国，古时称为胡麻，南北各地区栽培种植历史悠久。芝麻已经成为生活所必备的芳香作物，其油脂芳香宜人。河南平舆县所产的芝麻最为著名，被列入中国国家原产地域保护产品。芝麻为传统中药材，具有补益智力、乌发美容等功效。物语：不偏不倚，天地支持。

zhī zi
栀子

zhòng chūn yī shǐ fēi yǔ sī， zhàn jīn xiāng nóng huáng zhī zi
仲春伊始飞雨丝，蘸金香浓黄栀子。

yù yòng sān shēng yān huǒ qì， huàn dé rì yuè bù fēn lí
欲用三生烟火气，换得日月不分离。

栀子，别名：黄栀子、白蝉、山栀子。茜草科，栀子属，灌木，高达3米。产于中国多个地区，分布于周边国家。岭南山区最常见野生黄栀子，此地所产为上品。花期3—7月，果期5月至翌年2月。枝繁叶茂，盛开白色或乳黄色花朵，香味浓郁。黄栀子果肉橙红色，可作天然食材染料。果药用，具有清热凉血等功效。物语：吹落星雨，放花千树。

zhōng guó wú yōu huā
中国无忧花

fēng chuī zhī tóu huā huó pō　yún lái xiāng sī zhuāng mǎn luó
风吹枝头花活泼，云来相思装满箩。
wú yōu shù shàng guà míng yuè　xìn shǒu qiān chū wàng qíng hé
无忧树上挂明月，信手牵出忘情河。

中国无忧花，别名：无忧树、四方木、火焰花、马叶树、袈裟树、无忧花。豆科，无忧花属，乔木，高可达20米。产于中国云南、广东、广西等地区。花期4—5月，果期7—10月。无忧树主要为美化园林庭院的观赏树种。中国无忧花在4月份开花之时，绽放出一团团、一簇簇的橙黄色无忧花蕊，美艳绝伦。物语：无求无欲，无忧无虑。

朱蕉

zhū jiāo

shuǐ mǎn zé yì yìng dào lǐ, xīn dǐ kāi huā hǎo shēng jī.
水满则溢硬道理，心底开花好生机。
zhū jiāo cóng wú zhàn chūn yì, fēng liú rě lái mǎn shēn zǐ.
朱蕉从无占春意，风流惹来满身紫。

朱蕉，别名：红叶朱蕉、红绿竹、铁树、红竹、竹蕉。百合科，朱蕉属，直立灌木，高可达3米。原产地不详，中国广东、广西等地区常见栽培。花期11月至翌年3月。朱蕉植株健壮，叶片如小芭蕉，细长挺拔稍微张扬，光照强烈时呈浓艳紫红色。朱蕉的矮化盆栽品种很多，宜家宜室，色彩漂亮。物语：叶肥花瘦，看尽风流。

朱砂根
zhū shā gēn

hóng liáng sǎn ér tóng fēng qǐ, bǎi liǎng jīn biàn fù guì zǐ。
红凉伞儿同风起，百两金变富贵子。

zhū yuán yù rùn bù róng yì, wéi kǒng rě lǜ yáng liǔ zhī。
珠圆玉润不容易，唯恐惹绿杨柳枝。

朱砂根，别名：百两金、富贵子、大罗伞、开喉箭。紫金牛科，紫金牛属，灌木。分布于中国长江流域各省，日本亦有分布。植株健壮直立，枝条张扬，浓绿叶片有光泽，红果如同红色珍珠，大小形状一致，红润剔透，娇艳之极。绿叶红果，令人赏心悦目。朱砂根的根及全株可药用，具有清热解毒等功效。物语：晓露擎珠，泛浪珊瑚。

zhū lóng cǎo
猪笼草

yān bō hào miǎo kàn xīng hé, mǎn yǎn dàn jiàn yuè hén duō.
烟波浩渺看星河，满眼但见月痕多。

zhū lóng cǎo huā yǒu yī lè, zhǐ shì quē shǎo huā fēng gé.
猪笼草花有一乐，只是缺少花风格。

猪笼草，别名：猪仔笼、雷公瓶。猪笼草科，猪笼草属，直立或攀缘草本。产于中国广东西部、南部，亚洲中南半岛至大洋洲北部。目前市场上销售的猪笼草多为引进栽培品种。猪笼草在绿色的长叶尖上，延伸出一条不长不短的坚韧细梗，再吊上一个优雅的彩色雷公瓶，用于诱骗昆虫入瓮。在绿叶掩映中，小壶迎风摇晃，颇为好看。物语：神秘之物，令人佩服。

竹子
(zhú zi)

zhú zi zhǎng shì kuài rú fēng bù shēng bù xiǎng bù yáng míng
竹子长势快如风，不声不响不扬名。
lì gǎn jiàn yǐng tiān dì jìng bá gāo jìn zài lì liàng zhōng
立杆见影天地静，拔高尽在力量中。

竹子，别名：仙人杖。禾本科，竹属，多年生落叶木本。原产于中国，分布于南部地区，世界热带、亚热带地区各有自产物种。竹子种类多，主要分为毛竹、麻竹、箭竹、紫竹、佛肚竹等。春季竹笋可以食用。竹子生长速度极快，竹干细高、挺拔、美观，叶子四季常绿。竹叶为传统中药材，具有清热消渴等功效。物语：平凡心境，深情筑梦。

zhù má
苎麻

lǐ lǐ wài wài dōu yuán yě，zhù má jiù huāng yǔ tiān jué。
里里外外都原野，苎麻救荒与天绝。

zhāo zhāo shì shì zhuàng xíng sè，jì shì pǔ xiě wú zì gē。
招招式式壮行色，济世谱写无字歌。

苎麻，别名：青麻、家麻。荨麻科，苎麻属，亚灌木或灌木，高1.5米。产于中国浙江、福建、江西、湖北、广东、广西、四川等地区。花期8—10月。四川达州市大竹县为中国苎麻之乡，年产量居中国首位。春天根会自行发芽，富含淀粉，嫩叶可食，茎杆皮为纤维用于日用品。苎麻根及叶为传统中药材，具有清热解毒等功效。物语：垂天之云，绝美生春。

zī rán
孜然

yī cù zǐ huā yī cù xiān měi tòu yī shān yòu yī shān
一簇紫花一簇仙，美透一山又一山。
zī rán shuō huàn zǒng bù huàn bǎi nián wèi dào xiāng fān tiān
孜然说换总不换，百年味道香翻天。

孜然，别名：孜然芹、野茴香。伞形科，孜然芹属，一年或二年生草本。原产于北非和地中海沿岸地区，中国新疆栽培历史极为悠久。花期4月，果期7月。自古迄今都以新疆巴音郭楞蒙古自治州和吐鲁番以及阿克苏的孜然知名度最高。孜然5月结籽，是烧烤牛羊肉的必要香料。其含有黄酮类化合物和芹菜素，具有抗氧化等功效。物语：风月多情，美味相迎。

紫堇

zǐ jǐn

yún xiē gāo fēng bàn yuè mián shēn shān qīng quán zuì hán yān
云歇高风伴月眠，深山清泉醉寒烟。
mǎn yǎn chūn sè lǎn pán diǎn wéi jiāng zǐ jǐn zhòng huā tián
满眼春色懒盘点，唯将紫堇种花田。

紫堇，别名：楚葵、苔菜、蜀堇、水卜菜、野花生、断肠草、蝎子草。罂粟科，紫堇属，一年生灰绿色草本。产于中国辽宁、北京、河南、江西等地区，日本有分布。野生紫堇生长于中高海拔地区的丘陵土坡沟边多石之地，茎杆方形，棱角分明，多分枝，叶子翠绿色。花朵从粉紫色逐渐变成白色。全草入药，具有清热解毒等功效。物语：尽管有毒，不忍拔除。

zǐ sū

紫苏

diē dàng qǐ fú shí shí yǒu xián xīn xián qíng xián yóu zǒu

跌宕起伏时时有，闲心闲情闲游走。

zǐ sū shēng lái ài xiān ròu fāng xiāng cóng zhōng shì gāo shǒu

紫苏生来爱鲜肉，芳香丛中是高手。

紫苏，别名：红苏、白苏、赤苏、黑苏、白紫苏、野苏麻、荏胡麻、回回苏。唇形科，紫苏属，直立草本。中国各地广泛栽培，不丹、印度、中南半岛等地区有分布。紫苏适应力很强，常见大片生长，光照强烈时叶子由绿色变成紫红色，故叫紫苏。紫苏为烹调海鲜不可或缺的匹配香料，特别是每到小龙虾上市时，最受欢迎。全草入药。物语：香草延伸，美味入心。

紫叶小檗

zǐ yè xiǎo bò

zòng héng jiāng hú rèn chí chěng, yóu lí shì wài táo yuán zhōng.
纵横江湖任驰骋，游离世外桃源中。

zǐ yè xiǎo bò yǒu gè xìng, yè zi hé huā bǐ xiào róng.
紫叶小檗有个性，叶子和花比笑容。

紫叶小檗，别名：红叶小檗。小檗科，小檗属，落叶灌木。原产于日本，中国各地广泛栽培。紫叶小檗枝条细密有小刺。花期4—6月，果期7—10月。紫叶小檗开黄色丰腴小花朵，花瓣周边有红纹晕，俏丽可爱，十分漂亮，花谢结成一串串殷红色小果子。入秋后叶子开始变成紫红色，美观大方。紫叶小檗适用于园林庭院绿化。物语：好山好水，尽善尽美。

棕榈
zōng lǘ

liú cuì yè zi dà guò tóu, wú yì zòng héng fēng yě chóu
流翠叶子大过头，无意纵横风也愁。

jīng hóng hé gù měi bù gòu, jiē yīn tiān xià yǒu xū qiú
惊鸿何故美不够，皆因天下有需求。

棕榈，别名：山棕，唐棕、棕榈皮。棕榈科，棕榈属，乔木状，高可达10米。分布于中国长江以南各省区，日本也有分布。花期4月，果期12月。棕榈种类繁多，生长缓慢，主要用于美化园林和行道。棕榈叶子阔大飘逸，美观大方，能够吸附粉尘净化空气。棕榈的果实、叶、花、根均可入药，其棕皮可作绳索。物语：天作之合，地之气节。

ān chún
鹌鹑

fú róng zhàng wài tīng fēng líng, tài yáng huā zhōng bàn yuè yǐng
芙蓉帐外听风铃，太阳花中伴月影。
ān chún bù kān yún hǎi zhòng, fēi shàng zhī tóu fàng gāo shēng
鹌鹑不堪云海重，飞上枝头放高声。

鹌鹑，别名：鹑鸟、宛鹑、奔鹑。雉科，鹌鹑属，小型禽类。国外分布于亚洲、非洲及欧洲，国内分布于东北及新疆等地区。鹌鹑性情温和，羽毛色彩丰富，胆小，多远离人群。喜欢成对或聚集小群一起觅食，活动于茂密的野草丛或长有灌木丛的丘陵地带。主要吃各种昆虫、无脊椎小动物、杂草种子、浆果、谷物。物语：春有知音，天道酬勤。

暗绿绣眼鸟
àn lǜ xiù yǎn niǎo

yuè yá rú gōu chuí diào xián fēng píng làng jìng hǎi liàn tiān
月牙如钩垂钓闲，风平浪静海恋天。

xiù yǎn yuè ěr shēng wèi biàn hóng ǒu xiāng zhōng jiào de huān
绣眼悦耳声未变，红藕香中叫得欢。

暗绿绣眼鸟，别名：绣眼儿、粉眼儿。绣眼鸟科，绣眼鸟属，小型鸟类，广泛分布于中国和周边国家。暗绿绣眼鸟体羽呈草绿色，眼睛周围的白色系短羽毛形成白眼圈，故叫绣眼。生活于阔叶林、针叶树以及庭院花木、高大行道树上，主要以昆虫为食，也吃杂草种子等植物性食物。暗绿绣眼鸟叫声十分动听，很受欢迎。物语：靡靡之音，相思出神。

bā ge
八哥

tiān wú bù fù yún yōu yōu　dà dì chéng zài shuǐ cháng liú
天无不覆云悠悠，大地承载水长流。
chūn fēng jiāo huì bā ge xiù　qiū yuè biàn chéng shùn kǒu liū
春风教会八哥秀，秋月变成顺口溜。

八哥，别名：鸲鹆、寒皋、凤头八哥。椋鸟科，八哥属。国外分布于中南半岛，国内分布于南方各省。八哥毛色黑亮，具有金属光泽，羽翼有明显大块白斑，飞行时呈白色八字形，故名字由此而来。八哥飞行速度快，常见于平原的村庄、田野、近山矮林。杂食性，以蚯蚓、昆虫及块茎为食。八哥喜欢模仿各种鸟叫声，可以学人语。物语：连理于天，比翼百年。

bái dǐng xī qú
白顶溪鸲

lǜ yè yuè mù huā yuè xīn, fēng shì lián xī xiāng fú rén
绿叶悦目花悦心，风是怜惜相扶人。
bái dǐng xī qú yě dǔ xìn, wéi yǒu cāng tiān bù fù chūn
白顶溪鸲也笃信，唯有苍天不负春。

白顶溪鸲。鹟科，溪鸲属。国外分布于亚洲中部等地区，国内分布于多个地区。白顶溪鸲雌雄颜色无明显差异。白顶溪鸲主要栖息于山区河谷、山间溪流边的岩石上，喜欢站立于水中或近水的突出岩石上。单独或成对活动，常沿水面飞行，善于捕食水生昆虫或软体动物，也吃植物果实及种子。白顶溪鸲较机警，一般不太怕人。物语：宁静致远，天高地宽。

bái dǐng xuán yàn ōu
白顶玄燕鸥

hào yuè dāng kōng tiān wú yá, hǎi nà bǎi chuān shōu làng huā.
皓月当空天无涯，海纳百川收浪花。

bái dǐng xuán ōu shì lǎo dà, yú xiā guǎn bǎo cái huí jiā.
白顶玄鸥是老大，鱼虾管饱才回家。

白顶玄燕鸥，别名：白顶玄鸥。欧科，玄鸥属，体形较大。国外分布于太平洋、印度洋、大西洋的热带海域，国内分布于浙江等地区，在中国台湾部分地区为夏候鸟。白顶玄燕鸥头部灰白色，全身羽毛暗褐色。浙江温岭市曾有过白顶玄燕鸥光顾的身影。白顶玄燕鸥成群栖息活动于海洋之中，以捕捉鱼类为食。物语：美学角度，适合群居。

白凤乌鸡

bái fèng wū jī

liè àn bù guò tán xiào jiān　wǒ mìng yóu jǐ bù yóu tiān
裂岸不过谈笑间，我命由己不由天。
fǔ shēn zòng shì jīn yuán quàn　nán jí tài hé bái fèng xiān
俯身纵是金圆券，难及泰和白凤仙。

白凤乌鸡，别名：乌骨鸡。杂食性家养珍禽。江西省特产，已列入江西省非物质文化遗产保护名录。最早起源于江西省泰和县武山一带，具有两千多年饲养培育历史。其饲养标准需要根据不同发育阶段的营养需求进行不断调整。白凤乌鸡外观优雅华丽，全身羽毛洁白如雪，如同丝状霞帔，身体各部内外乌黑色。物语：凡间禅缘，静好画面。

bái fù lán wēng

白腹蓝鹟

xiāo yáo yóu shí xiāo yáo duō　lì yú zhī tóu yì shēng huó

逍遥游时逍遥多，立于枝头易生活。

bái fù lán wēng hǎo yīn sè　kāi shēng biàn kě dìng fēng bō

白腹蓝鹟好音色，开声便可定风波。

白腹蓝鹟。鹟科，蓝白鹟属，小型鸟类，比麻雀大一些。分布于柬埔寨、中国、日本、韩国等地区。身着微带黑色的亮蓝色外套，白色肚兜。栖息于山地阔叶林和混交林中。繁殖期5—7月。喜欢鸣叫，声音优美清脆，音色多变，非常好听。营巢于偏僻的崖壁洞穴或高树天然洞穴之中，雌雄共同营巢和育雏。

物语：春染秋霜，别来无恙。

bái gē
白鸽

qiū liáng wǎn xiá wēn róu duō, wēi fēng chuī lái jǐ tuán xuě。
秋凉晚霞温柔多，微风吹来几团雪。
piāo zhì yǎn qián qīng qīng luò, jìng zì biàn chéng hé píng gē。
飘至眼前轻轻落，径自变成和平鸽。

白鸽，别名：和平鸽、爱情鸽。鸽形目，鸠鸽科，鸽属。分布于世界各地，中国为原产地之一。白鸽通身雪白，公大母小，性情温顺。雌雄终身结对。胸肌发达，飞行能力强。野生白鸽栖息在高大乔木上或山岩峭壁上，喜欢结群活动觅食种子和果实。常飞入城市楼群或到附近乡村觅食，不怕人。物语：温和亲切，天地之乐。

bái guān cháng wěi zhì
白冠长尾雉

zhī tóu fù hán chén shí fēng　wǎn xiá yòu rǎn bǎi huā cóng
枝头复含晨时风，晚霞又染百花丛。
cǐ dì suī fēi gǔ míng shèng　què yīn xiān zhì shòu zhuī pěng
此地虽非古名胜，却因仙雉受追捧。

白冠长尾雉，别名：山雉、长尾鸡。雉科，雉属，中国特有珍禽。白冠长尾雉主要栖息于中高海拔的各种山林或混交林中。繁殖期3—6月。被列入中国《国家重点保护野生动物名录》，级别一级。河南信阳市的国家级鸟类自然保护区主要保护的对象就是白冠长尾雉，此地也因此而声名鹊起。白冠长尾雉以豆类、果子、蔬菜等为食。物语：玉树琼枝，云天比翼。

bái lù
白鹭

fēi tiān bái lù fù níng xuě, yín hé luó páo lǒng yuè duō
飞天白鹭复凝雪，银河罗袍笼月多。

tiān tiān chuān zhe hūn shā guò, měi zài xīn lǐ cóng bù shuō
天天穿着婚纱过，美在心里从不说。

白鹭。鹭科，白鹭属，中型鸟类。分布于中国吉林、江苏、宁夏、重庆、青海、四川、广西、贵州、湖南、浙江等地区。全身羽毛洁白无瑕，体形修长，姿态优雅，高贵漂亮，飞行时如同披着婚纱一样，从容飘逸于空中。白鹭形象温顺、可爱，主要栖息于湖泊、河流和湿地，捕食鱼虾及水中昆虫。物语：云至天廊，爱进心窝。

bái tóu bēi
白头鹎

cōng míng niǎo ér bái tóu bēi， chén qǐ mì shí bàng wǎn huí
聪明鸟儿白头鹎，晨起觅食傍晚回。

shēng lái bù wèi yán sè lèi， cóng bù zài yì bái hé hēi
生来不为颜色累，从不在意白和黑。

白头鹎，别名：白头翁、白头婆、白头公。鹎科，鹎属，小型鸣禽，由北方前往南方过冬。国外分布于日本等地区，国内分布广泛。白头鹎为长江流域以南广大地区常见鸟类，其显著特点就是头顶部的雪白色块。白头鹎叫声欢快，喜欢成群结队，常飞入树林中捉虫子，为农林益鸟。同时也啄食果树上的果实和农作物种子。物语：你来我往，会捉迷藏。

bái xián
白鹇

rì nuǎn shēng yān yú méi jié, nán jí bīng chuān wén zuì gē
日暖生烟于眉睫，南极冰川闻醉歌。

bái xián yǎng tiān zhuàng xíng sè, chūn qiū rú mèng rèn chóng dié
白鹇仰天壮行色，春秋如梦任重叠。

白鹇，别名：白雉，越禽，大型鸡类。雉科，鹇属，被列入中国《国家重点保护野生动物名录》，级别二级。国外分布于泰国北部等地区，国内分布于南部各省。雄鸟头顶有长冠，雌雄异色。栖息于多林的山地中。其食物为各种昆虫幼虫、植物果实和种子等。白鹇脚爪强健有力，善于在地上行走，速度飞快，生性机警，偶尔会起飞。物语：凤凰于天，似水流年。

bái xiōng fěi cuì
白胸翡翠

bái xiōng fěi cuì zhū hóng zuǐ, zhuō duì chéng shuāng zhú shuǐ féi
白胸翡翠朱红嘴，捉对成双逐水肥。

shēn qíng zǒng huì yǒu huí kuì, jiā diǎn wēn róu zī wèi měi
深情总会有回馈，加点温柔滋味美。

白胸翡翠，别名：白胸鱼狗。翠鸟科，翡翠属。分布于中国、土耳其、伊朗、阿富汗、印度、缅甸等地区。白胸翡翠通常在平原、丘陵的树丛中或沼泽附近活动，多以鱼蟹或软体动物、水生昆虫为食。其本种有6亚种，中国仅有1亚种。白胸翡翠叫声如笛，音长而甚尖锐，响彻甚远。鸟羽华丽，可饲养供观赏。物语：情山爱水，举案齐眉。

白胸苦恶鸟
bái xiōng kǔ è niǎo

mò liú bái yún bàn yāng jī, xié fēng fēi xíng duǎn jù lí。
墨留白云伴秧鸡，携风飞行短距离。

líng bō tà làng piāo rán zhì, yāo qǐng wǔ mèi lái shēng zǐ。
凌波踏浪飘然至，邀请妩媚来生子。

白胸苦恶鸟，别名：白面鸡、白胸秧鸡。秧鸡科，苦恶鸟属。国外分布于南亚和东南亚地区，国内分布于北纬30度以南地区。在绝大多数国家为留鸟，只有在中国、不丹为夏候鸟及留鸟。白胸苦恶鸟色彩多以黑色白胸或者暗褐色居多。白胸苦恶鸟常在芦苇丛或水边草丛中捕食，繁殖季雄鸟就飞往树上大声疾呼求偶。物语：半里之内，休想午睡。

白腰雨燕
bái yāo yǔ yàn

yún hǎi míng jìng wú wéi fēng, bái yāo yǔ yàn chū zhǎng chéng.
云海明净无为风，白腰雨燕初长成。
liáo rào bù jué fēi tiān mèng, gē wǔ shēng píng zhuī huā yǐng.
缭绕不绝飞天梦，歌舞升平追花影。

白腰雨燕，别名：雨燕、野燕、白尾根麻燕。雨燕科，雨燕属。分布于东南亚至澳大利亚，中国除新疆南部、西藏北部和西部外的其他地区。繁殖期为5—8月。白腰雨燕擅长追逐嬉戏，成群结队飞行。白腰雨燕常成群一起在房顶等高处营巢繁殖，主要以各种昆虫为食，特别是飞行性昆虫，通常在飞行中捕食。物语：南来北往，处处家乡。

bǎi líng
百灵

guǎng mào cǎo yuán shì gù xiāng rì chū rì luò dōu píng cháng
广袤草原是故乡，日出日落都平常。

jīn bēi yù zhǎn gāo wàn zhàng bù jí bǎi líng qíng yōu cháng
金杯玉盏高万丈，不及百灵情悠长。

百灵。百灵鸟科各种鸟类的总称，草原的代表性鸟类。分布于世界各地。中国常见的种类有沙百灵、云雀、角百灵、斑百灵等。百灵为国家二级保护动物。百灵头顶上常有明显或不明显冠羽，羽毛栗棕色有深浅斑纹，体形同大或略小于麻雀。其以鸣叫声优美动听而闻名于世，可以模仿许多美妙的鸟叫声。物语：共同辛苦，精心培育。

bān wén niǎo
斑文鸟

wò zhù chūn tiān wò zhù qiū　yǎn qián fēng jǐng yǎn qián shōu
握住春天握住秋，眼前风景眼前收。

bān wén niǎo zhuāng wú yī xiù　zhēn zhū zhī chéng xiǎo dù dōu
斑文鸟装无衣袖，珍珠织成小肚兜。

斑文鸟，别名：小纺织鸟、鳞胸文鸟。梅花雀科，文鸟属。国外分布于毛里求斯、印度、菲律宾等地区，国内分布于南部地区。斑文鸟头顶、后颈、背及肩等均淡栗黄色，腰灰褐色，胸腹部密布鳞片状褐色斑纹。斑文鸟小巧玲珑，鸟喙粗壮有力，令人看后印象深刻。斑文鸟主要栖息于湿地草丛和农田及园林，以农作物种子和草籽、浆果为食，很少吃昆虫。物语：春无斗量，鸟语花香。

bān xiōng cǎo què
斑胸草雀

fēi yǔ zuì yuè zhī duō shǎo，hóng zhì jí xiàn shòu bù liǎo。
飞羽醉月知多少，红至极限受不了。
chūn guāng xuān rǎng suí fēng dào，tàn wàng měi lì zhēn zhū niǎo。
春光喧嚷随风到，探望美丽珍珠鸟。

斑胸草雀，别名：金山珍珠、珍珠鸟。梅花雀科，是世界上很多国家普遍饲养的观赏鸟。原产于热带森林中，多生活在气候炎热而潮湿的地区。野生斑胸草雀常见于稀疏林带和灌木杂草丛中，经常成对或集群活动，旱季时结成大群活跃于水源附近。雄性羽毛亮丽，具有明显珍珠形圆点，雌性羽毛颜色暗淡。物语：青春执着，激情热烈。

bān yú gǒu
斑鱼狗

lín shuǐ hé pàn kàn rì chū   yú wú shēng chù zhuī fù zú
临水河畔看日出，于无声处追富足。

bān yú gǒu lì fú shū chù   děng dài fēng qǐ hǎo zhuō yú
斑鱼狗立扶疏处，等待风起好捉鱼。

斑鱼狗，别名：小啄鱼、花斑钓鱼郎。翠鸟科，鱼狗属，中型鸟类。斑鱼狗在世界范围内分布相对广泛，在中国栖息于河流湖泊或山谷溪流周边，经常在水面盘旋等待，捕鱼技术高超。斑鱼狗主要以小鱼、虾、蟹、蚌和多种水生昆虫为食，也吃蝌蚪。斑鱼狗和冠鱼狗大致上相近，但前者个头较小，羽冠也没有后者大。物语：无须澄清，黑白分明。

北京鸭

春摇月影风回声，雪颈红掌凌波行。
巡游始知担子重，拨开浪花一重重。

北京鸭。北京市特产，全国农产品地理标志，已有400多年的历史。入选2019年第四批《全国名特优新农产品名录》，2020年7月27日入选《中欧地理标志第二批保护名单》。北京鸭全身羽毛纯白色，嘴和掌蹼橘黄或橘红色，个头大，形体丰满。母鸭叫声洪亮，雄鸭叫声沙哑。体质健硕，抗病力强。物语：春来秋别，山长水阔。

biǎn zuǐ hǎi què
扁嘴海雀

míng yuè chén shuǐ zhào hǎi yáng bì bō xiān zǐ bù shàng zhuāng
明月沉水照海洋，碧波仙子不上妆。
biǎn zuǐ hǎi què sì bù xiàng què yǒu qián tú liǎng dà kuāng
扁嘴海雀四不像，却有前途两大筐。

扁嘴海雀，别名：古海鸟、短嘴海鸠。海雀科，扁嘴海雀属，小型海鸟。国外分布于朝鲜半岛东南部等地区，国内分布于山东、辽宁等地区。从西伯利亚或北美飞往山东青岛大公岛养育后代。扁嘴海雀体重不足半斤。扁嘴海雀是早成鸟，孵化前经过一定的发育，小宝宝出生30个小时后，就可以离巢入海与风浪上下翻滚玩耍了。物语：情深意笃，锦绣前途。

cǎi hóng jù zuǐ niǎo
彩虹巨嘴鸟

guǒ xiāng sǎn màn shuí shōu shi shēng wù duō yàng zhàn yī xí
果香散漫谁收拾，生物多样占一席。

hū jiàn cǎi hóng lián tiān bì jù zuǐ niǎo ér zhèng shū xǐ
忽见彩虹连天碧，巨嘴鸟儿正梳洗。

彩虹巨嘴鸟，别名：厚嘴巨嘴鸟、彩虹鵎鵼。巨嘴鸟科，巨嘴鸟属。分布于墨西哥南部，伯利兹国鸟。彩虹巨嘴鸟羽毛绚丽多彩，巨大的嘴巴占据了身体的三分之一。彩虹巨嘴鸟主要栖息于低地雨林中，有时会出现在邻近有稀疏树木的空旷地上，罕见于海拔1700米以上地区。其除了以水果为食，也吃昆虫、蜥蜴和树蛙。物语：泛白岁月，靓丽颜色。

苍鹭

无生无灭无伤感，惜景惜物惜生天。
苍鹭出世就凶悍，活吞鹅仔谁敢管。

苍鹭，别名：灰鹭、灰鹭鸶、青庄、老等。鹭科，鹭属，大型涉禽。冬季在深圳市的深圳湾和大鹏水域的滩涂或岸边，可以见到苍鹭漫步或捕食。苍鹭有一双大长腿，披一身浅灰色羽衣，飘逸优雅得很，可捕猎时的厉害程度还是很令人惊讶。苍鹭食性以鱼为主，兼食虾、水生昆虫，也吃蛙类、鼠类等。物语：忽略不计，悠闲度日。

chéng fù yè bēi
橙腹叶鹎

chéng fù yè bēi mó fǎng wáng měi de yuè liang yě xīn huāng
橙腹叶鹎模仿王，美得月亮也心慌。
tiān tái lóu gé fàng shēng chàng chàng wán yuè jù huàn jīng qiāng
天台楼阁放声唱，唱完越剧换京腔。

橙腹叶鹎。和平鸟科，叶鹎属，小型鸣禽。雄鸟前头和头顶两侧染黄，头顶绿色或染以黄色，上体草绿色。分布于不丹，中国云南、广西等地区。橙腹叶鹎是和平鸟科中在中国分布最广的一种。主要栖息于靠近溪流的森林或阔叶林，以捕食昆虫为食，也吃杂草种子或者农作物。橙腹叶鹎成对活动，有时也结集小群或单独活动。物语：免费歌唱，听完清场。

池鹭
chí lù

chí lù yuán běn ài chī yú, què yòu shè zú tiān bō fǔ
池鹭原本爱吃鱼，却又涉足天波府。
jìng jiāng qīng tíng tūn xià dù, kàn de gǎn kǎi yě wú yǔ
竟将蜻蜓吞下肚，看得感慨也无语。

池鹭，别名：沼鹭、红毛鹭、红头鹭鸶、花窑子、田螺鹭。鹭科，池鹭属，典型涉禽类，为中国常见鸟类。池鹭腹部和翅膀为白色，其余多为褐色，头颈胸有栗色纵纹。池鹭头上会长出栗红色细长羽毛，如同长发，胸前和背后换上蓝紫色披肩。每年7月份开始，总会有一群池鹭出现在深圳大沙河周边觅食。物语：浩荡而来，无可指摘。

chì hóng shān jiāo niǎo
赤红山椒鸟

hóng huáng shuāng jiāo bù pà xiū fèng cháo zhù zài gāo shù tóu
红黄双椒不怕羞，凤巢筑在高树头。
gāng sòng tài yáng xī shān hòu zhuǎn liǎn yòu wèn xiāng sī fǒu
刚送太阳西山后，转脸又问相思否。

赤红山椒鸟，别名：红十字鸟、朱红山椒鸟。山椒鸟科，山椒鸟属。赤红山椒鸟的雄鸟翅除第一至第二枚初级飞羽和最内侧飞羽外，均呈猩红色，雌鸟翅与雄鸟同，但黄色代替红色，故被称为红黄双椒。赤红山椒鸟在亚洲热带和亚热带地区分布广泛，中国多见于南部地区。繁殖期雄鸟担任警戒，雌鸟孵卵，共同育雏。物语：卿卿我我，爱意多多。

chì má yā
赤麻鸭

hóng yè cuī de qiū shēng huá wēi fēng qīng wěn chì má yā
红叶催得秋升华，微风轻吻赤麻鸭。

jīn yè yín hé měi rú huà yuè yǐng xián què tiān chí huā
今夜银河美如画，月影闲却天池花。

赤麻鸭，别名：黄鸭、红雁、黄凫、渎凫。鸭科，麻鸭属。雌雄鸟羽色基本一致，繁殖期雄性会长出黑颈圈吸引雌性。栖息于河流、湖泊、沼泽等地区，杂食性，以水生植物嫩茎叶、种子、昆虫等为食。中国主要繁殖地在东北和西北等地，长江以南越冬。其在中国北部、长江下游地区迁徙期间和冬季常见。物语：丹桂飘香，甘露同堂。

长冠八哥

cháng guān bā ge

sī zhuàng bái páo měi rú xuě, cháng guān bā ge ài chàng gē.
丝状白袍美如雪，长冠八哥爱唱歌。

zú qún xiǎo le tài jì mò, sān cùn yuán qì xū gèng duō.
族群小了太寂寞，三寸元气须更多。

长冠八哥，别名：巴厘岛八哥、罗斯柴尔德八哥。椋鸟科，长冠八哥属，大型椋鸟类。长冠八哥全身羽毛雪白，头顶漂亮，丝带冠羽，眼眶周围的肤色亮蓝色，格外醒目好看。主要栖息于海岸附近有长草的草原，喜欢三五成群活动，喜食各种昆虫和植物种子。繁殖期雄鸟具有领地意识，营巢于废弃树洞，雌雄终身结对，共同育雏。物语：开启序幕，等待结局。

物语集

植物类

T

天麻　　物语：风月有缘，美景无限。
天仙子　　物语：高挂云帆，登高望远。
田紫草　　物语：闲居田野，蜂蝶有约。
铁包金　　物语：欣然留住，家乡细语。
铁筷子　　物语：高峰品雨，花木接福。
铁皮石斛　　物语：新绿娇娆，流翠宝草。
铁草鞋　　物语：春垂秋千，兰解画船。
透骨草　　物语：传播本草，黏住就好。

W

蕹菜　　物语：翠云烟波，与月诉说。
乌桕　　物语：绿叶占春，绛雪红云。
乌柿　　物语：花有出路，柿有前途。
乌头　　物语：自我强大，天下为家。
梧桐　　物语：关注脉络，开阔视野。
五味子　　物语：宝若仙丹，力可回天。
勿忘草　　物语：爱在心头，不肯屈就。

X

西葫芦　　物语：芬芳热烈，纯洁柔和。
喜林草　　物语：绝色天书，心底之物。
细辛　　物语：曲折过去，尽是坦途。
夏枯草　　物语：大风起兮，婉约流逝。
仙茅　　物语：注定不凡，益寿延年。
仙人掌果　　物语：放下执念，必得圆满。
香椿　　物语：春之细雨，香飘江湖。
香蒲　　物语：晨为少年，晚是苍颜。
香青　　物语：寥寥数语，送走悲苦。
香薷　　物语：芳香缕缕，处处翠绿。

小粒咖啡　　物语：沉浸其中，风影惊鸿。
小麦　　物语：草木从容，五谷丰登。
小天蓝绣球　　物语：相思如梦，花开无冬。
薤白　　物语：薤白出生，鱼水之情。
荇菜　　物语：江南水乡，风韵悠长。
熊耳草　　物语：芳香缕缕，花团簇簇。
雪铁芋　　物语：金钱进门，空气清新。

Y

亚麻　　物语：守拙田园，珠落玉盘。
延胡索　　物语：从头到脚，止痛灵药。
芫荽　　物语：一物一用，天道可行。
燕麦　　物语：追求高远，奉献人间。
洋桔梗　　物语：人间甘霖，花中清新。
耀眼豆　　物语：张开望眼，一飞冲天。
野火球　　物语：花之风韵，前程似锦。
野葵　　物语：月下美人，田野之春。
野蔷薇　　物语：绽放洒脱，花有着落。
一年蓬　　物语：祥和素净，处世之风。
依兰　　物语：香花冠军，迷醉凡人。
薏苡　　物语：蕙草绽放，不香也芳。
茵芋　　物语：不知轻重，切勿使用。
银边翠　　物语：风若无情，云何以动。
银杏　　物语：合抱之木，源于起步。
罂粟葵　　物语：过度惊艳，喜忧参半。
鹰嘴豆　　物语：万里濯足，超越世俗。
鱼尾葵　　物语：根茎药用，无所不能。
榆树　　物语：年年有余，家家富足。
虞美人　　物语：轻柔如梦，神韵生动。
羽衣甘蓝　　物语：非花胜花，健康为大。

玉蜀黍　　物语：人间至宝，试领风骚。
玉竹　　物语：春秋不老，永享热闹。
郁李　　物语：芙蓉寒江，冷艳芳香。
远志　　物语：随意天涯，美之升华。
月桂　　物语：光阴似箭，又是一年。
月见草　　物语：美如天仙，降福凡间。
云实　　物语：春接秋开，参差有态。

Z

枣　　物语：以己心花，艳人年华。
獐耳细辛　　物语：柔而纤细，无与伦比。
芝麻　　物语：不偏不倚，天地支持。
栀子　　物语：吹落星雨，放花千树。
中国无忧花　　物语：无求无欲，无忧无虑。
朱蕉　　物语：叶肥花瘦，看尽风流。
朱砂根　　物语：晓露擎珠，泛浪珊瑚。
猪笼草　　物语：神秘之物，令人佩服。
竹子　　物语：平凡心境，深情筑梦。
苎麻　　物语：垂天之云，绝美生春。
孜然　　物语：风月多情，美味相迎。
紫堇　　物语：尽管有毒，不忍拔除。
紫苏　　物语：香草延伸，美味入心。
紫叶小檗　　物语：好山好水，尽善尽美。
棕榈　　物语：天作之合，地之气节。

动物类

A

鹌鹑　　物语：春有知音，天道酬勤。
暗绿绣眼鸟　　物语：靡靡之音，相思出神。

B

八哥　　物语：连理于天，比翼百年。

白顶溪鸲　　物语：宁静致远，天高地宽。
白顶玄燕鸥　　物语：美学角度，适合群居。
白凤乌鸡　　物语：凡间禅缘，静好画面。
白腹蓝鹟　　物语：春染秋霜，别来无恙。
白鸽　　物语：温和亲切，天地之乐。
白冠长尾雉　　物语：玉树琼枝，云天比翼。
白鹭　　物语：云至天廊，爱进心窝。
白头鹎　　物语：你来我往，会捉迷藏。
白鹇　　物语：凤凰于天，似水流年
白胸翡翠　　物语：情山爱水，举案齐眉。
白胸苦恶鸟　　物语：半里之内，休想午睡。
白腰雨燕　　物语：南来北往，处处家乡。
百灵　　物语：共同辛苦，精心培育。
斑文鸟　　物语：春无斗量，鸟语花香。
斑胸草雀　　物语：青春执着，激情热烈。
斑鱼狗　　物语：无须澄清，黑白分明。
北京鸭　　物语：春来秋别，山长水阔。
扁嘴海雀　　物语：情深意笃，锦绣前途。

C

彩虹巨嘴鸟　　物语：泛白岁月，靓丽颜色。
苍鹭　　物语：忽略不计，悠闲度日。
橙腹叶鹎　　物语：免费歌唱，听完清场。
池鹭　　物语：浩荡而来，无可指摘。
赤红山椒鸟　　物语：卿卿我我，爱意多多。
赤麻鸭　　物语：丹桂飘香，甘露同堂。
长冠八哥　　物语：开启序幕，等待结局。